Miyake Hoshu Senryu collection

川柳作家ベストコレクション

三宅保州

今日という糸を明日へ織り紡ぐ

The Senryu Magazine
200th Anniversary Special Edition
A best of selection
from 200 Senryu writers' works

新葉館出版

川柳は生きものである
なぜなら頭も手も足もある
喜怒哀楽がある
個性と主張がある
何よりも人間そのものである

川柳作家ベストコレクション

三宅保州 ■ 目次

川柳作家ベストコレクション

三宅保州

第一章　自ずから

今日という糸を明日へ織り紡ぐ
そのうちに自分が嵌る落とし穴
いつとても父母という防波堤

ふるさとへ続く線路が長すぎる

私を裏返したい花の下

男一匹替え芯などは持ってない

一分の黙祷あなたとの別れ

一張羅着たら愛犬後退り

たしなみを覗かせている身八つ口

四つ這いになれる気がする森の中

お隣の灯りがついてホッとする

笑い合うことは万国共通語

スカイツリーよりも通天閣が好き
酒好きの故人だったと無礼講
蜂蜜をちょっと加えた妥協案

うっかりと手の鳴る方へついて行く

子を叱った夜はまんじりとも出来ず

逆鱗に触れて一皮剥けました

悲しみの数だけ石を積んでいる
ネジ全部緩めてふるさとへ帰る
リセットをしたら私もまだ動く

おかあさんあなたの息子なのですよ

驚きの祝いは呱々の声二つ

踏ん切りをつけると軽くなる扉

生かされているのが何よりのチャンス
生きているのがいちばん大当たり
生きていることが幻想かも知れぬ

嬉しい日靴も三三七拍子

正論を吐いて港が遠くなる

ひたすらに縋ると弥陀に辿り着く

忘れてはくれぬカルテがぶり返す
こともなげに頑張ってねと言う他人
お月様霞んで手術決めました

ゆっくりと治しましょうと言う主治医

刃傷もかくやと思う手術痕

遺書書くと生きる意欲が湧いてきた

プラスチックの食器に耐えた退院日

両の手でひとりジャンケンのリハビリ

おじいさんと他人に言われたくはない

長生きをして下さいと言う他人

現実は厳しいものと知る鏡

何もすることがなかった日の疲れ

風が描いてくれた落ち葉のページェント

いそいそと出掛ける今日は家出です

旅行けばいたる所に感嘆符

零点と白紙答案とは違う

考えに考え抜いた白紙です

デザートは色とりどりの糖衣錠

来る来ないやっぱり来るに賭けてみる

花束に潜んでいるのです嫉妬

飢餓の子を救う手立てがもどかしい

遠くからせめても送る義援金

楽なときほど流されているのです

私の噂私は聞いてない

祖父母父母葬り見渡せば枯れ野

かと言って人間やめる気はないが

訛りにも馴れためんこい嫁である

枯れることすらも許されない造花

頂点に針のむしろが敷いてある

お茶でものでもに期待をしてしまう

靴を見たまえいつでも前を向いている
知らぬ間に他人の足を踏んでいる
代名詞くるくる使うのも忘れ

お望みとあれば蝶にも蛇にもなる

走ったら運動場は広かった

錆びぬよう私を磨き続けます

そこからは無念無想のにじり口

許されて赦して丸い石になる

夫婦茶碗何度も欠けたことがある

卓袱台を囲み人間取り戻す

午後三時頃は溜め息注意報

上首尾を望んでばかりいませんか

結局は赦すほかない家族です
休止符があってリズムが生きてくる
平均点越えると向かい風になる

元号でなければ語れない昭和

良心も包んでくれる小商い

戻りたくないのもあろうブーメラン

オブジェ展眼鏡掛けたり外したり
お互いに竹光だから耐えている
誰しもが戻れぬ道を行くのです

以上でも以下でも駄目な匙加減

磨かないで下さいメッキ剥げるから

再びのチャンスを生かす多年草

もう母は私の名前すら忘れ
認知症の母が開いた別世界
認知症の母が遊んでくれました

百人を束ね一人に背かれる

思い出はトレモロあなたとの果実

定年後も首に鎖の痕がある

手拍子に乗って階段踏み外す

感傷に浸ってられぬ落ち葉掃き

風向きに靡かぬ旗を振っている

実力をつけるとやってくるチャンス

魂という字に鬼が棲んでいる

何もかも許せるほども枯れてない

断って悩み引き受けても悩み
ニンゲンハナゼセンソウヲスルノデス
音痴でも声大にして反戦歌

平和主義という軸足は外せない

字足らずも字余りもある独り言

数のうちに入ってますか私も

頭数足りぬときだけ誘われる

過ぎてから幸せだったなと気づく

喜劇なのに泣かされましたチャップリン

新春はやっぱりヨハンシュトラウス

バイエルでやめたピアノが鎮座する

銅像も私もひとりぽっちです

五百羅漢数えてひとり小半日

弥陀の掌も温かかった昼下がり

背泳ぎが好き太陽が見えるから

廃校へ招いてくれたクラス会

坊ちゃんと未だに呼んでくれる里

一着ですかいいえ一周遅れです

あと一周の鐘鳴る如く林住期

薔薇という字は読めますが書けません

知恵の輪を外してからのアンニュイよ

鬱憤をちぎって燃えるゴミに出す

コンセントの位置はどこ吹く風である

輪廻とや生きとし生きる花遍路

第二章　見つめたり

人間の主食はお金だったのか

背伸びしたときから転びやすくなる

満場一致だけど不満な顔もある

疑問符をとれば解決できるのに

すがりたい時もあろうに一輪車

五百羅漢も囁き合っている枯れ野

メビウスの帯かも知れぬ過去未来

有為転変どうあろうとも咲く桜

万人に一斉メール来る恐怖

父には父の母には母の結び方

今日という泉は涸れることがない

ジキルにもハイドにもなる分かれ道

水面にアルキメデスが浮いている

数という武器だと思う多数決

それにしても気楽な白紙委任状

花植える時はとっても優しい手

少年の一足す一は無限大

誰にでも一ページずつ今日がある

一つずつ積んでやがては城になる

根っこでは繋がっている敵味方

上品な色気は虹にかなわない

何ほどのことやあらんと眉を引く

ミスプリが一箇所もない時刻表

運命はかくやと思う四捨五入

芸の虫幕が降りても頭下げ

それにしても気になる季語のない野菜

生憎の雨も恵みの雨もある

仕事ですからと介護士ともなげ

焼香の列に並んでいる故人

その色でしか見てない色眼鏡

明日という浮き輪に頼りすぎないか

山紫水明は校歌の中で生き

句読点打つと一息つけるのに

粉骨砕身残ったのはファイト

血の雨が何処かで降っている地球

地球から滴り落ちている血糊

人類はみんな味方になれぬのか
息抜きをいたしませんか仁王様
作業着が父の形で干してある

囁きが洩れてきそうなシュレッダー

花道の先に潜んでいる奈落

そう言えば串という字は団子なり

一善ずつ積んで仏になるのです

名工と言われそろばん弾けない

行ってらっしゃいゴミと一緒に送り出す

マンネリという幸福に気づかない

喝采の拍手にただならぬ嫉妬

呑気そうに振る舞うゆるキャラの激務

チャンピオンの敵は体重計だった

悪い子でない挨拶が出来るから

大胆なピエロ計算尽くである

一という字を書くにも上手下手

喧噪の坩堝に落ちていた虚飾

仏滅は空いていますと言う手術

日本人の文化遺産はおもてなし
ひとひらの落ち葉も森の土となる
大変なこと書いてある但し書き

やむを得ず背伸びしている熨斗袋

嘘という花は実ったことがない

安くし過ぎても売れない骨董屋

ゆるキャラを募集容姿は不問です

キャスターも訛るローカルニュースです

鼻の差を競う駿馬も偏差値も

新品同様ですという中古品

一ページに満たないけれど重い遺書

万国旗の紐のねじれが直らない

粗大ゴミですか地球というオブジェ

雁首がなんだなんだと伸びてくる

評判はオーシャンビューが売りの墓地

百度石の祈り踵に血が滲む

折々の花活けてある事故現場

勾玉の形は夢を見る形

底辺掛ける高さイコールピラミッド
開発という名で地球切り刻む
もう一つ地球を造れないものか

好きなようにさせてあげよと言う余命

盃の底に沈んでいる嫉妬

泣くという楽器持ってる赤ん坊

飲まされて悪酔いをするシュレッダー

古里を離れふるさと自慢する

出直してみせますゼロ番線ホーム

角のある豆腐を赦したのは情け

目を離すとひとり歩きをする噂

いにしえの歌人を偲ぶ都鳥

結局は鳥になれなかったヒト科

入門書ばかり並んでいる書棚

打てというサインを出してくれる父

濡れ衣が晴れても時は戻らない

いつまでもお若いそんなわけはない

古里の丸いポストに癒される

いざという時に消えたくなってくる
それにしても燃えないゴミが多すぎる
中心に居ると見えなくなる回り

耐え難きを耐えてきました戦中派

ライバルと見たのか猿に牙剥かれ

成り行きで今日を過ごしていませんか

モルモットもかくやと思う薬漬け

真相を知らず踊っているピエロ

私の名前ご存知ない社長

要するにいわゆるボキャブラリー不足

短所だと思っていないのが短所

朝起きた時は透明だったのに

ライバルの弱いところは見たくない
雑食種の代表格はヒト科なり
ほんとうに私はわたしなのですか

歳月を重ね小骨も溶けました

私にいつも同情してしまう

流れ着いたところで丸い石になる

今日という白紙を無駄にしたくない

動物園でいちばん多いのはヒト科

手紙書き終えても決まらない宛名

罠ならば堕ちてもみたい花言葉

振り向いてごらんと向かい風の私語

後戻りする策もある分岐点

可も不可もなく生きてきた四分音符

人間に生まれて金に悩まされ

逆らいたいときもあろうに吹き流し

生かされて輪廻転生倶会一処

人間の振りした鬼に騙される

非常口などはございません地球

あとがき

このたび、我が国唯一の川柳総合誌である新葉館出版刊の「川柳マガジン」誌が通巻二百号達成を記念して「川柳作家ベストコレクション」の出版を企画され、二〇〇名の作家として指名されました。同社が二〇〇九年に出版された「川柳作家全集」に参画させていただいたことに続いて、再び句集出版の機会を賜ったことに、心から喜びと感謝を申し上げます。

私は、実は新葉館さんの「川柳作家全集」の出版以前に「たまゆら」という手作り的な句集を上梓していますので、今回が三回目の句集発刊になります。

そこで今回は、その二冊の句集に収録された句との重複を避けて、川柳歴三十六年間の入選句数約九万句のうちから、新葉館さんに指示された二四〇句を収録させていただきました。

永年の川柳歴の集大成ともいうべき掲出句が、この程度の作品かと忸怩たる思いですが、ご交友ご厚誼を賜った各位のご高覧を賜ればこの上ない幸甚でございます。

さて、私が川柳を始めたきっかけは、仕事（公務員）の上などでのストレス解消と生き甲斐を求めてのことでした。ところがやり始めてみると川柳の魅力に取り憑かれ、たちまち川柳中毒症と揶揄されるほど夢中になりました。

即ち、徹底的に多読、多作、多参加を目指した結果、所属結社は約二十社、毎月の作句数は二千句前後、そのうち投・出句数は数百句ほどと、まさに「中毒症」になってしまい、川柳の楽しさ、魅力が生き甲斐となっていました。

ところが、今から十数年前に心筋梗塞でダウンという悲劇に遭遇しました。今晩が山と言われるほどの生死の境を彷徨って、奇跡的に一命を取り留めました。それからは医師の指示に従い、酒もタバコもギャンブルとも縁を切り、節制に努めました。

特に、川柳については、医師の「大いに楽しみなさい」というお墨付きをいただき、「楽しみは頭ひねって五七五」をモットーとして川柳街道まっしぐらです。爾来、命を長らえているのは、健康に留意するようになったことと、川柳を楽しく学ぶことに邁進してきたお陰と感謝の毎日です。

その間、各川柳社さんや柳人の皆さんとのご厚誼が増えて、多読多作に励み、多数の柳社等に投・出句を続けております。

また、柳歴とご厚誼が嵩むに連れて、種々のお世話や講師等の依頼が急増して参りました。

具体的には、本書の奥書にも記載のとおり、結社等の代表をはじめ、川柳カルチャーやマスコミ柳壇の選者や講師等を十か所以上もお引き受けすることになってしまいました。

これらは、川柳人としての私を育てていただいた川柳界に少しでもご恩返しができればとの報恩の思いにほかなりません。

カルチャーなどでは「教える」立場ですが、実際には「教えながら教えられている」ことが多く、私自身が大いに勉強になっています。

これからの教材に少しでも役立てればと思い、また依頼もされて「川柳しませんか（川柳塔社）」「早分かり川柳作句Q＆A（新葉館）」の上梓をはじめ、講師を依頼された都度の小冊子等を作成して参りました。

今後とも、「一句入魂」をモットーに川柳道を歩んで参る所存です。

末筆ながら、新葉館さんの「ベストコレクション」に叙せられたことに深く感謝申しあげます。

二〇一九年一月吉日

三宅　保州

●著者略歴

三宅保州（みやけ・ほしゅう）

本名・保　柳歴36年
（一社）全日本川柳協会常任幹事
川柳塔社理事
和歌山県川柳協会会長
和歌山三幸川柳会主幹
毎日新聞和歌山版川柳選者など
川柳カルチャー代表・講師等8か所

主な著書に、「川柳句集　たまゆら」、「川柳作家全集　三宅保州」、「早分かり川柳作句Q＆A」。
作句のモットーは「一句入魂」。

現住所　〒六四二－〇〇一一
和歌山県海南市黒江一－三四二
TEL　〇七三－四八二－五〇九八

川柳作家ベストコレクション
三宅保州
今日という糸を明日へ織り紡ぐ
○
2019年 2 月27日　初　版
著　者
三　宅　保　州
発行人
松　岡　恭　子
発行所
新 葉 館 出 版
大阪市東成区玉津1丁目9-16 4F　〒537-0023
TEL06-4259-3777(代)　FAX06-4259-3888
https://shinyokan.jp/
○
定価はカバーに表示してあります。

ISBN978-4-86044-990-2